A mis abuelos:

Elena y Roberto,
Neyas y Humberto,
mis cuatro estrellas en el cielo.

Un huipil
para la *Muerte*

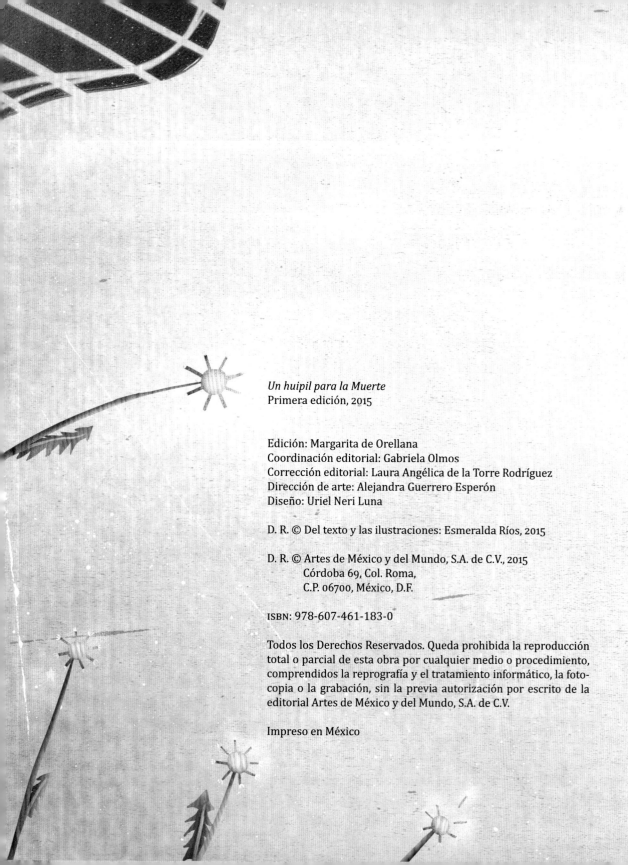

Un huipil para la Muerte
Primera edición, 2015

Edición: Margarita de Orellana
Coordinación editorial: Gabriela Olmos
Corrección editorial: Laura Angélica de la Torre Rodríguez
Dirección de arte: Alejandra Guerrero Esperón
Diseño: Uriel Neri Luna

D. R. © Del texto y las ilustraciones: Esmeralda Ríos, 2015

D. R. © Artes de México y del Mundo, S.A. de C.V., 2015
      Córdoba 69, Col. Roma,
      C.P. 06700, México, D.F.

ISBN: 978-607-461-183-0

Impreso en México

Un huipil para la Muerte

Esmeralda Ríos

Libros del Alba

A la Muerte le entristecía no ser popular entre los habitantes de este mundo. Por todos lados los seres humanos y los animales *corrían a su paso* y ella tenía que dar grandes zancadas para alcanzarlos; no comprendían que sólo quería **envolverlos** en su abrazo.

"Después de todo", pensaba, "su tiempo en este sitio se agotó. ¡Qué le va uno a hacer si su vida es tan *cortita!*"

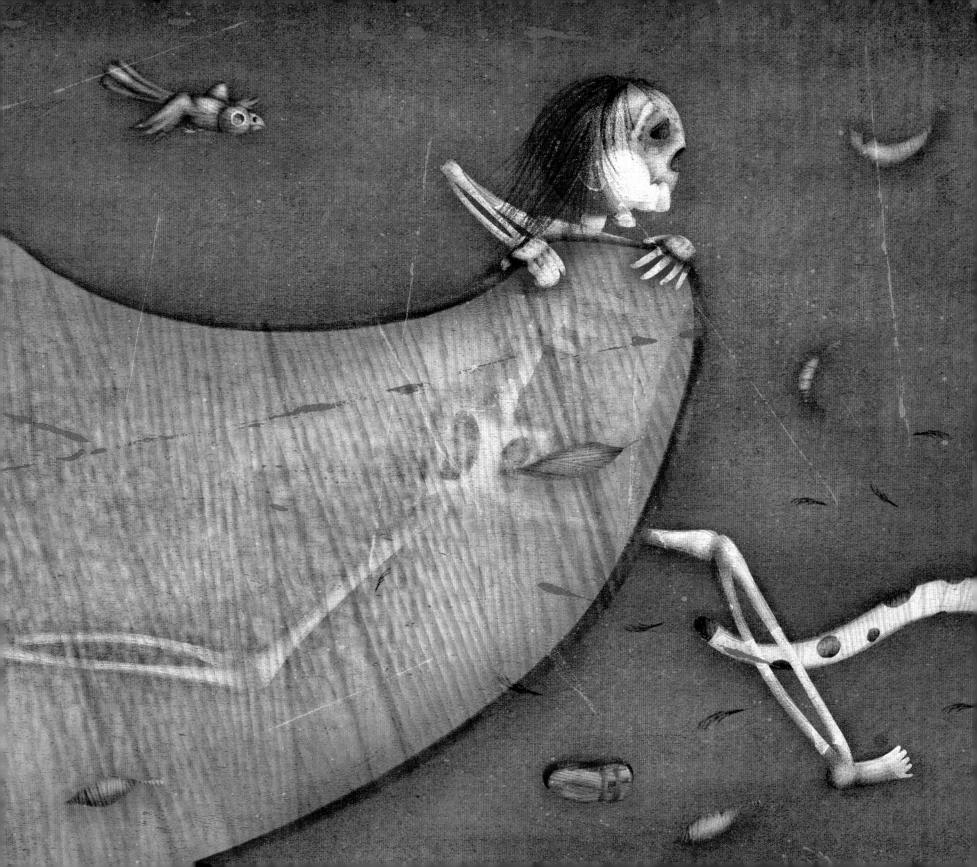

Le daba tantas vueltas a este asunto, que llegó a la conclusión de que si todos le huían, debía de ser por su aspecto. Y es que *la Muerte* se mostraba así, con los huesos al aire, mientras que los animales iban presumiendo sus *pieles suaves* o sus plumas de colores, y los hombres y las mujeres vestían atuendos **bordados muy hermosos.**

"¡Eso es lo que debo hacer!", se dijo entusiasmada. "¡Buscaré un hermoso vestido que destaque el color de mi **osamenta,** y así nadie se resistirá a mí!"

Con prisa alegre, *la Muerte*
empezó a revolver
sus cachivaches

y se probó una concha,
un calcetín,
una escoba vieja,
una jaula oxidada,
una olla rota...

...una flor (de éstas tenía **miles,**
no sabía por qué, pero **la gente**
siempre le regalaba *flores).*

Pero nada le sentaba bien. ¡Tendría que pensar en algo más después de las labores del día!

A ver, a ver... **¿A quién le toca hoy?...** Con un suspiro resignada tomó su atrapa-mariposas y subió a la tierra.

Finalmente **recogió a su última ánima** de la jornada entre alocadas *correderas.* Estaba tan triste que no tenía ganas de volver a su cueva.

"¡Seguiré sola por siempre!", gimoteó abatida la Flaca.

En esos momentos, pasaba por ahí una pequeña **niña tzotzil** que, al verla tan triste, se detuvo a consolarla como sólo los niños saben hacerlo:

—¿Por qué lloras, *Huesuda*? —dijo tendiéndole un pañuelo. Pero ella, llorosa como estaba, ni reparó en el gesto.

—Es que todos me huyen, y **ya me cansé** de estar sola —terminó esta frase con una sonora limpieza de sus fosas nasales.

Pero a mí **me gusta estar sola,** por eso le cuento historias a los árboles, a los conejos, y a los bichos también. En mi casa no puedo hacerlo, pues ahí **debo trabajar** todo el día en el **telar,** y se necesita mucha concentración, dice mi ma… ¿A ti te gustan los cuentos?

La Muerte inclinó la cabeza y miró por primera vez a la chiquilla. No pudo evitar asombrarse por su hermoso atuendo con *flores* formadas con *hilos de colores,* así que ignoró la pregunta de la niña, y le dijo:

—¿Tú podrías hacerme un vestido tan lindo como el tuyo para *verme hermosa?* Oye, ¿por qué tú no me tienes miedo?

Hasta ese momento *la Muerte* cayó en cuenta de que la niña no huía de ella y que hasta parecía tenerle cariño.

—¿Y por qué habría de tenerlo? Hace unos meses viniste por mi abue. Él me enseñó a *contar cuentos* y a escuchar a los espíritus del mundo. Me dijo que cuando nos llevas contigo, nos reunimos con nuestro **nahual,** ese animalito al que estamos **ligados** y que es parte de nosotros. El mío es un conejo. Y me contó que él había vivido con alegría esperando el momento en que lo llevaras junto **a su murciélago.**

Yo te vi cuando viniste por él, andabas pelona,
como ahorita, pero no llorabas, y él tenía la sonrisa
más dulce que le vi jamás. Por eso me caes bien
—la niña terminó con decisión, y en sus ojos
resplandecía el brillo de la Luna.

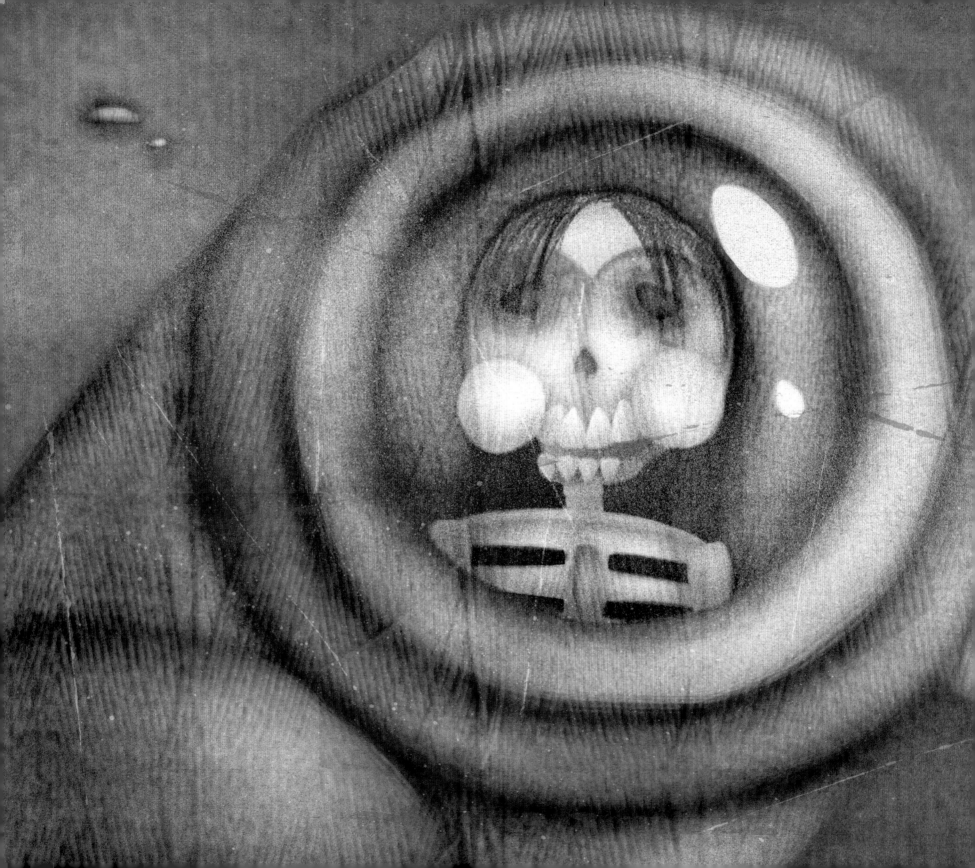

Entonces repitió
su pregunta:

—Si te caigo bien,
¿por qué no entonces
tejes para mí **un huipil**
como el que llevas puesto?

—¡Sí que lo haré! Y no sólo eso:
¡será **el más bonito** que **he tejido** hasta ahora!

De un salto se puso de pie y echó a correr hacia una roca
alta que sobresalía del cerro. *La Muerte* siguió a la niña
hasta aquel punto. Ahí, la pequeña levantó los brazos,
y entonó a la Luna un *misterioso canto.*

En el acto,
un halo
se **desprendió**
de las estrellas y **descendió**
hasta la niña.
¡Era un telar celeste!

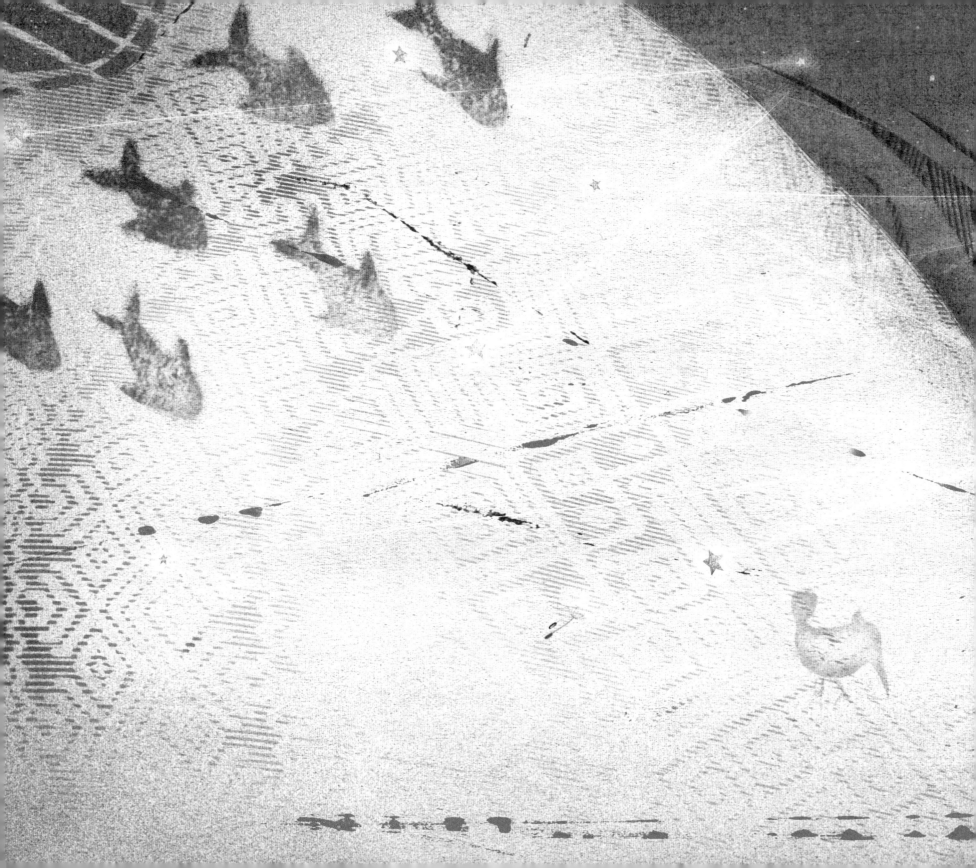

La Muerte, maravillada, contempló las formas que poco a poco se fueron revelando en aquel **mágico telar:** la historia de la **Luna** y el **Sol,** la creación del *día* y la *noche,* la amistad entre la **vida** y la **muerte.**

Cuando terminó, la niña le mostró a *la Muerte* el huipil que había bordado para ella:

—Como verás —dijo— en este mundo nadie está solo, así como yo tengo a **mi nahual,** tú tienes a tu contraparte: la vida. ¡Así que siempre estarás **acompañada!**

Quizá los hombres y los animales **te temen,** pero eso no te tiene que poner triste; lo que pasa es que le temen a *la vida* porque es su naturaleza. Ellos adoran a la Luna y al Sol y su tiempo corre entre el día y la noche. Sólo unos pocos entienden que todas estas cosas son parte del **mismo tejido...**

La Muerte, emocionada, se probó el *huipil.*
¡Nunca se había sentido tan guapa!

—Con este *hermoso vestido* acunaré a los vivos
para que su camino al otro lado sea más bello.

Y cada vez que **piense en mi soledad,** me sentaré
en este monte a ver el mundo, a verlos a todos jugar
a la vida.

Es por esto que cuando alguien muere, lo primero que ve es una **luz muy intensa,** que se desprende del huipil de *la Muerte,* y después, los ojos alcanzan a contemplar **el manto celeste bordado** con miles de estrellas.

Y la niña, que es hija de Ix Chel, la Luna, continúa tejiendo **el manto** que cubre al mundo.

GLOSARIO

Huipil. Blusa o vestido adornado con motivos coloridos que suelen estar bordados. Vestimenta de los indígenas de México y Centroamérica.

La Flaca. Otra forma de referirse a la Muerte, como Huesuda o Huesudita.

Osamenta. Esqueleto del hombre y de los animales vertebrados. Los huesos sueltos del esqueleto.

Cachivaches. Utensilio u objeto arrinconado por falta de uso o por inservible.

Ánima. Alma del ser humano.

Tzotzil. Etnia o pueblo maya del sur de México y Centroamérica. También se refiere a la lengua hablada por ellos, y la palabra significa "hombre murciélago".

Telar de cintura. Máquina para tejer, construida con madera o metal; una de sus dos barras se prende de un árbol o de cualquier otro punto fijo y la otra se coloca con un cinturón alrededor de la cintura de la tejedora. Luego ella teje ayudada del movimiento de su cuerpo.

Nahual. De acuerdo con algunas tradiciones, se dice que cada persona, al momento de nacer, tiene ya el espíritu de un animal, que se encarga de protegerlo y guiarlo; se manifiesta sólo como una imagen que aconseja en sueños o con cierta afinidad al animal que nos tomó como protegidos.

Celeste. Referente o que tiene que ver con el cielo.

Ix Chel. En la mitología maya es la diosa del amor, de la fertilidad, de los trabajos textiles, de la Luna y la medicina. Es esposa del dios Itzamná, el Sol.

Un huipil para la *Muerte*

se terminó de imprimir y encuadernar en
el mes de junio de 2015 en los talleres de
La Buena Estrella Ediciones, S.A. de C.V.,
Trigo 48, Col. Granjas Esmeralda, C.P.
09810. Del. Iztapalapa, México, D.F.